PEDRO

PEDRO Y EL
TIBURÓN

por Fran Manushkin

ilustrado por
Tammie Lyon

PICTURE WINDOW BOOKS
a capstone imprint

Publica la serie Pedro Picture Window Books,
una imprenta de Capstone,
1710 Roe Crest Drive
North Mankato, Minnesota 56003
www.mycapstone.com

Texto © 2018 Fran Manushkin
Ilustraciones © 2018 Picture Window Books

Los datos de CIP (Catalogación previa a la publicación, CIP) de la Biblioteca del Congreso se encuentran disponibles en el sitio web de la Biblioteca.

ISBN 978-1-5158-2507-4 (encuadernación para biblioteca)
ISBN 978-1-5158-2515-9 (de bolsillo)
ISBN 978-1-5158-2523-4 (libro electrónico)

Resumen: Pedro está entusiasmado por el paseo de su clase al acuario, pero cuando se separa del grupo cerca del estanque de los tiburones, se asusta y empieza a correr de un lado al otro hasta que el tiburón le da una pista para que deje de correr en círculos.

Diseñadora: Tracy McCabe
Elementos de diseño: Shutterstock

Impresión y encuadernación en los Estados Unidos de América.
010837S18

Contenido

Capítulo 1
Algo huele mal

Pedro le contó a su papá:

—Lo que haré hoy huele muy mal.

—¿En serio? —preguntó su papá.

—¡Sí! —respondió Pedro sonriendo—. Iré a ver los animales del acuario.

Su papá se rio y dijo:

—¡Eso sí que *huele* mal!

—Ahorré un poco de dinero
—dijo Pedro—. Traeré un
souvenir.

—¡Genial! —dijo su papá—.
Tengo muchas ganas de verlo.

En el acuario, la maestra

Winkle le dijo a la clase:

—Vayamos todos juntos, por

favor.

—Eso es fácil —dijo Pedro—.

Podemos fingir que somos

pescardos. Están siempre juntos.

—Hace frío aquí —dijo

Katie—. Y está oscuro.

—Sí —agregó Juli—.

Da un poco de miedo.

—¡Aquí viene alguien a quien le gusta estar solo! —dijo Pedro.

—¿Es mi hermanito? —bromeó Barry.

—¡Muy gracioso! —dijo la maestra Winkle—. Es un cangrejo ermitaño.

—Me encantan las estrellas de mar —dijo Katie—. Se ven maravillosas.

—Las medusas parecen de jalea —dijo Juli—. Quizá esta busca un pez de mantequilla de maní.

—Me encantaría dar un
paseo en un caballito de mar
—dijo Pedro—. Pero yo tendría
que ser más pequeño.

—Sí —agregó Katie—. ¡Y no
olvides tu esnórkel!

Roddy se adelantó corriendo.

—¡Ay, sí! —dijo—. Aquí vienen los tiburones. ¡Arriba!

—¡Uf! —dijo Pedro—. Esos dientes se ven filosos. No quiero subirme a *él* para dar un paseo.

—¿Saben qué? —dijo
Pedro—. Toda esta agua me
está dando sed.

Se fue a buscar una fuente
de agua y se alejó.

Capítulo 2
Solo con el tiburón

Cuando terminó de beber,

Pedro fue a buscar a sus

compañeros. Ya no estaban.

Estaba solo... ¡con el tiburón!

—¡Nos vemos luego! —gritó Pedro—. Debo encontrar a mis compañeros.

—¡Aquí están! —dijo con una sonrisa—. Veo a Juli.

Pero no. No era ella.

—Apuesto a que mis compañeros están a la vuelta de esta esquina —dijo Pedro.

La habitación estaba oscura y llena de ballenas.

—¡Bien! —gritó Pedro—. Aquí están.

No. ¡No
eran *ellos*!

Pedro corría

de aquí para

allá, pero volvía

siempre al tiburón.

Pedro miró al tiburón, que nadaba en círculos.

—¡Ja! —se rió—. ¡Por eso no puedo encontrarlos! Estuve corriendo en círculos. Gracias por la pista.

Capítulo 3
Actuar como
una tortuga

Probó ir en otra dirección.

Pasó una tortuga de mar.

Se movía lento y se veía

tranquila y sabia.

—Probaré eso —dijo Pedro.

Respiró hondo. Caminó
lentamente.

—Giraré a la izquierda esta
vez, luego a la derecha.

¡Lo logró! Pedro encontró a
sus compañeros.

—¡Aquí estás! —dijo la

maestra Winkle—. Estábamos

por ir a buscarte.

—Yo los encontré primero

—dijo Pedro, orgulloso.

Cuando llegó a casa, Pedro

dijo:

—Papá, ven a ver mis

souvenirs.

Su papá sonrió:

—¿Por qué elegiste un tiburón

y una tortuga de mar?

—Es una larga historia —respondió Pedro.

—Bien —dijo su papá—. Me la puedes contar mientras sacamos a pasear a Peppy.

La historia de Pedro era tan larga que dieron dos vueltas a la manzana.

—A veces —dijo Pedro— es divertido ir en círculos.

¡Fue muy divertido!

Sobre la autora

Fran Manushkin es la autora
de muchos libros de cuentos
ilustrados populares, como
Happy in Our Skin; *Baby,
Come Out!*; *Latkes and
Applesauce: A Hanukkah
Story*; *The Tushy Book*;
The Belly Book; y *Big Girl
Panties*. Fran escribe en su
amada computadora Mac en la ciudad de Nueva
York, con la ayuda de sus dos gatos traviesos
gatos, Chaim y Goldy.

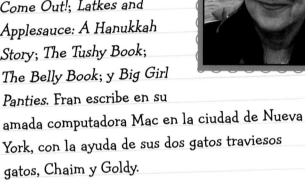

Sobre la ilustradora

El amor de Tammie Lyon por el dibujo comenzó cuando ella era muy pequeña y se sentaba a la mesa de la cocina con su papá. Continuó cultivando su amor por el arte y con el tiempo asistió a la Escuela Columbus de Arte y Diseño, donde obtuvo un título en Bellas Artes. Después de una breve carrera como bailarina profesional de ballet, decidió dedicarse por completo a la ilustración. Hoy vive con su esposo, Lee, en Cincinnati, Ohio. Sus perros, Gus y Dudley, le hacen compañía mientras trabaja en su estudio.

Conversemos

1. ¿Qué podría haber hecho Pedro para no separarse de sus compañeros?

2. ¿Cómo crees que se sintió Pedro cuando se dio cuenta de que se había perdido?

3. Imagina que eres Pedro y explica por qué escogiste un imán de tiburón y otro de tortuga de mar como souvenirs.

Redactemos

1. Escribe una lista con todos los animales marinos que se nombran en este libro. Luego dibuja a tu animal marino favorito y escribe una oración sobre por qué es tu favorito.

2. Escribe un cuento sobre una excursión escolar. Puede ser una historia real o una historia de ficción (inventada).

3. Anota tres datos sobre los tiburones. Si no se te ocurren, pide ayuda a un adulto para buscar información en un libro o en la computadora.

¡MÁS DIVERSIÓN

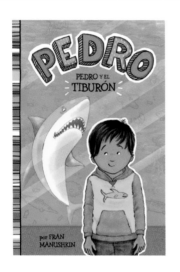

PEDRO

PEDRO Y EL
TIBURÓN

por FRAN
MANUSHKIN

PEDRO

PEDRO
EL PIRATA

por FRAN
MANUSHKIN

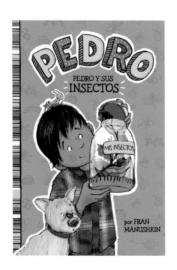

PEDRO

PEDRO Y SUS
INSECTOS

MIS INSECTOS

por FRAN
MANUSHKIN

PEDRO

PEDRO,
CANDIDATO A
PRESIDENTE

por FRAN
MANUSHKIN

CON PEDRO!

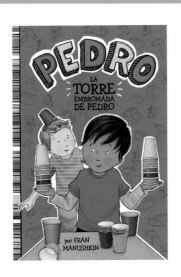

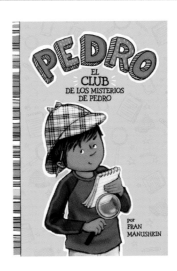

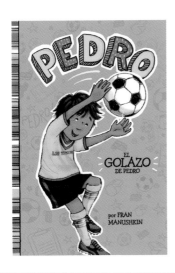

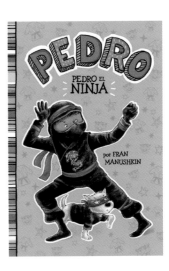

AQUÍ NO TERMINA LA DIVERSIÓN...

Descubre más en www.capstonekids.com

- ⭐ Videos y concursos
- ⭐ Juegos y acertijos
- ⭐ Amigos y favoritos
- ⭐ Autores e ilustradores

Encuentra sitios web geniales y más libros como este en www.facthound.com. Solo tienes que ingresar el número de identificación del libro, 9781515825074, y ya estás en camino.